Charles Dickens

PARA TODOS

The Old Curiosity Shop. Baseado na história original de Charles Dickens, adaptada por Philip Gooden. Sweet Cherry Publishing, Reino Unido, 2022.

Dados Internacionais de Catalogação na Publicação (CIP)
Angélica Ilacqua CRB-8/7057

Gooden, Philip
A velha loja de curiosidades / baseado na história original de Charles Dickens, adaptação de Philip Gooden ; tradução de Aline Coelho ; ilustrações de Santiago Calle, Luis Suarez. -- Barueri, SP : Amora, 2022.
96 p. : il.

ISBN 978-65-5530-434-3
Título original: The old curiosity shop

1. Literatura infantojuvenil inglesa I. Título II. Dickens, Charles, 1812-1870 III. Coelho, Aline IV. Calle, Santiago V. Suarez, Luis

22-4819 CDD 028.5

Índices para catálogo sistemático:
1. Literatura infantojuvenil inglesa

1ª edição

Amora, um selo da Girassol Brasil Edições Eireli
Av. Copacabana, 325, Sala 1301
Alphaville – Barueri – SP – 06472-001
leitor@girassolbrasil.com.br
www.girassolbrasil.com.br

Direção editorial: Karine Gonçalves Pansa
Coordenação editorial: Carolina Cespedes
Tradução: Aline Coelho
Edição: Mônica Fleisher Alves
Assistente editorial: Laura Camanho
Design da capa: Pipi Sposito e Margot Reverdiau
Ilustrações: Santiago Calle e Luis Suarez (Liberum Donum Studios)
Diagramação: Deborah Takaishi
Montagem de capa: Patricia Girotto
Audiolivro: Fundação Dorina Nowill para Cegos

Impresso no Brasil

GRANDES CLÁSSICOS

A Velha Loja de Curiosidades

Charles Dickens

amora

A Vida na Velha Loja de Curiosidades

Nossa história começa com Nell Trent. Seus pais morreram quando ela ainda era muito pequena. Agora, aos treze anos, ela mal conseguia se lembrar deles.

Nell morava com o avô. Ele era gentil e cuidadoso e, o melhor de tudo, ele era dono da loja mais estranha e misteriosa que você poderia imaginar. A Velha Loja de Curiosidades vendia de tudo, de antigas armaduras e espadas

enferrujadas até cadeiras
e tapeçarias.

Nell e o avô moravam em um pequeno apartamento que ficava em cima da loja. A vida deles era cheia de diversão e magia. No inverno, Nell lia para o avô ao lado da lareira.

Ela contava histórias de heróis, dragões e cavaleiros. O avô, por sua vez, contava histórias sobre a mãe dela, e de como ela olhava e falava como a mãe quando pequena. No verão, eles costumavam andar pelos campos e brincavam de esconde-

-esconde por entre as árvores. Voltavam para casa cansados, mas felizes.

O avô de Nell contratou um jovem chamado Christopher Nubbles para trabalhar em sua loja. Todos o chamavam de Kit. Ele parecia ser mais jovem do que realmente era, tinha um semblante alegre e a cara de menino estava sempre estampada com um sorriso. Kit, como todos os chamavam, gostava muito de Nell e ajudava o patrão a cuidar dela.

A verdade é que o avô de Nell queria sempre fazer o melhor que podia pela neta. Mas sabia que não viveria para sempre, e se preocupava com o que poderia acontecer com Nell depois que ele se fosse. A Velha

Loja de Curiosidades já não dava muito dinheiro e, por isso, Nell poderia ficar na pobreza.

No entanto, estranhamente, as pessoas acreditavam que o velho era rico. Elas achavam que a vida simples que os dois levavam era apenas fingimento, uma forma de esconder sua riqueza.

Uma das pessoas que acreditava nisso era um jovem chamado Richard Swiveller. Na verdade, Richard, apesar de ser um

rapaz de bom coração, não era lá muito inteligente e se mostrava bastante preguiçoso. E ele pôs na cabeça que seria uma boa ideia, um dia, casar-se com Nell Trent.

Afinal, se o avô fosse rico, Nell herdaria muito dinheiro quando ele morresse. E então ela dividiria sua fortuna com Richard.

O que Richard não sabia, no entanto, era que não havia dinheiro algum. Na verdade, o avô de Nell gastava o pouco dinheiro que tinham no jogo. Ele passava horas jogando cartas, tentando ganhar uma fortuna para sua querida Nell. Mas quanto mais jogava, mais dinheiro perdia.

Ele nunca ganhou um centavo, que dirá uma fortuna.

Desesperado, o avô de Nell decidiu pedir dinheiro emprestado para que pudesse continuar jogando. E foi aí que o problema realmente começou.

Ele pegou dinheiro com um homem chamado Daniel Quilp, que tinha um escritório na margem do rio, em frente à Torre de Londres.

Ele emprestava dinheiro para as pessoas, que tinham que pagar com juros. Se não pudessem devolver o dinheiro, então ele tomaria para si qualquer propriedade ou bens que possuíssem.

Quilp não era uma pessoa agradável de se conhecer, ou mesmo de se olhar. Ele era muito baixo, mas a cabeça era grande o suficiente para caber no corpo de um gigante. Ele tinha olhos pretos e cruéis e pelos pretos crescendo no queixo. Suas unhas eram tortas e muito compridas.

Mas o pior de Quilp era o sorriso. Quando ele abria os lábios, podia-se ver os poucos e nojentos dentes amarelos que restavam em sua boca. Até a voz dele era horrível. Era um som afiado e cortante, sem nenhum traço de bondade.

— Seu último empréstimo foi de setenta libras — Quilp disse e ainda cuspiu no avô de Nell. — Você perdeu tudo em uma única noite e não tem como me pagar. Por que eu deveria lhe emprestar mais dinheiro?

— Vai ser diferente desta vez, Sr. Quilp — respondeu o velho homem. — Já são três noites seguidas que, nos meus sonhos, ganho uma grande soma em dinheiro.

— Oh, um *sonho*, você teve um *sonho*? — zombou Quilp. A boca pendurada e aberta naquele sorriso podre.

— Por favor! — implorou o velho. — Não faça isso por mim, mas me ajude pelo bem de Nell.

— Nell? Ah, sim, a órfã — disse Quilp. — Pobre Nell.

— Tudo o que fiz foi para ela — disse o avô.

Quilp pegou seu relógio de bolso e o examinou atentamente.

— Desculpe, não posso ficar — disse ele, sem qualquer ar de arrependimento. — Eu tenho uma reunião de negócios.

Claro que Quilp não tinha reunião alguma. Ao caminhar até a saída da Velha Loja de Curiosidades, ele olhou

para trás, viu a tristeza no rosto do avô de Nell e sorriu.

Não havia algo de que Quilp gostasse mais do que fazer as pessoas infelizes.

A Fuga

Depois de perceber que Quilp não lhe emprestaria mais dinheiro, o avô de Nell pensou, “Tudo está perdido”. Sua tristeza logo se transformou em doença e, em pouco tempo, ele ficou de cama.

Nell cuidou de seu velho avô o melhor que pôde. Mas as coisas só pioravam. Quilp logo tomou posse do seu apartamento e da Velha Loja de Curiosidades.

— Se você tivesse devolvido meu dinheiro — disse Quilp, zombando —, eu não precisaria tomar de você essa loja horrível.

Quilp pediu ao seu advogado para elaborar documentos que provassem que a loja passaria a ser dele. O advogado, Sampson Brass, era um homem magro e sorrateiro, com uma voz que sempre parecia soar entediada e assustadora ao mesmo tempo. Ele fez tudo o que Quilp mandou.

Sampson Brass também era o chefe de Richard Swiveller. Richard costumava ouvir Sampson tagarelando sobre Nell, seu avô e a Velha Loja de Curiosidades. Sampson era outra pessoa que acreditava que eles estivessem escondendo sua fortuna, motivo pelo qual Richard acreditava nisso também.

Mas, quando Richard soube que Nell e o avô haviam perdido sua loja e sua casa, ficou com pena deles.

~

Uma das primeiras coisas que Daniel Quilp fez ao se apropriar da Velha Loja de Curiosidades foi demitir Kit Nubbles. Ele ficou muito triste por isso, mas não havia nada que pudesse fazer.

Daniel Quilp e Sampson Brass se mudaram para os quartos que ficavam no fundo da Velha Loja de Curiosidades. Na verdade, não queriam morar lá. Eles apenas queriam tornar ainda mais desconfortável a vida de Nell e de seu avô, que continuavam morando no apartamento de cima – pelo menos por enquanto.

Quilp fumava cachimbo sem parar. Era como se estivesse tentando expulsar o velho doente e acamado no andar de cima.

O avô de Nell havia se recuperado um pouco, mas não totalmente. Para

Quilp, foi o suficiente. Certa noite, veio vê-lo. O velho estava sentado em sua cadeira, e Nell se ajeitou em um banquinho ao lado dele.

— Estou feliz em vê-lo bem novamente. Você me prece mais forte — disse Quilp, sentando-se de frente para eles.

— Hum, sim — disse o velho, com a voz fraca.

— Que bom — disse Quilp. — Porque vocês não podem ficar aqui por muito mais tempo.

— Suponho que não — disse o avô de Nell.

— Eu vendi as coisas.

— Coisas? — perguntou o velho. Ele ficou confuso, mas Nell sabia exatamente o que Quilp queria dizer.

— Os móveis, as espadas, a tapeçaria antiga e empoeirada,

todo aquele lixo que você guardava na sua loja — disse Quilp.

— E quando todo o resto será removido? Hmm... que tal dizer esta tarde? Vocês também podem ir embora com o que ainda restou.

— Esta tarde? Não pode esperar até sexta? — respondeu o velho homem.

Quilp suspirou.

— Muito bem, mas não mais do que isso.

~

Chegou a noite de quinta-feira e o avô de Nell parecia ser mais ele mesmo. E pediu que a neta o perdoasse por ter perdido a loja deles.

— Não fale assim — pediu Nell. — Não há nada o que perdoar.

— Bem, não vamos ficar aqui esperando para ver toda a mobília ser levada e a loja esvaziada — disse o velho homem. Ele explicou que deveriam deixar o apartamento bem cedo na manhã seguinte antes que Daniel Quilp ou Sampson Brass estivessem acordados.

— Nós vamos viajar a pé pelos campos e bosques, seguindo por uma das margens dos rios — ele disse. — Qualquer coisa é melhor do que ficar aqui nesta loja que antes era nossa, mas que agora é *dele*. Ele não suportava ter que dizer o nome de Quilp.

Ao nascer do sol na manhã seguinte, os dois desceram as escadas. Eles paravam a cada rangido, preocupados em não acordar Quilp e Sampson.

Mas não precisavam se preocupar. Roncos assustadores vinham do quarto dos fundos, onde os homens estavam dormindo. Eles pareciam dois porcos competindo para ver quem fazia mais barulho.

Nell e seu avô alcançaram a porta da frente e, aliviados, giraram com facilidade a maçaneta enferrujada. Sentiram o ar puro e fresco bater em seus rostos. Era uma linda manhã de junho. O céu tinha um azul profundo, sem uma única nuvem.

Nell e seu avô estavam livres de Quilp. Livres, porém pobres. Para onde iriam? Como viveriam a partir de agora?

A Maior Aventura de Nell

Os dois viveriam aventuras sem-
-fim em sua jornada por todo o país. Pareciam estar em uma das histórias que Nell costumava ler.

Eles viajaram com dois homens que vagavam pelo país fazendo espetáculos com marionetes.

Acabaram conhecendo uma mulher que carregava bonecos de cera dentro de uma carroça e ia fazendo exposições por todas as cidades que passava. Para onde ia, para todo lugar, ela montava uma exposição.

Durante essas viagens, Nell fazia pequenos trabalhos a fim de receber algum dinheiro. Ela consertava as fantasias esfarrapadas das marionetes e distribuía os folhetos que anunciavam a exposição dos bonecos de cera. Às vezes, seu avô ajudava nessas pequenas tarefas também. Nell cuidava dele com muito carinho. Era como se ele fosse a criança e ela a adulta.

Na maior parte do tempo, Nell se sentia feliz, mas ela ainda tinha pesadelos. Toda noite ela sonhava com o rosto grande e sorridente de Daniel Quilp.

Às vezes, ela até pensava ter visto os olhos negros e maldosos e aquele sorriso medonho pelas ruas da cidade.

Depois de caminhar por cidades movimentadas e pequenas aldeias, Nell e seu avô ficaram felizes em chegar ao campo.

Nell amou o campo. Ela adorava olhar para as colinas verdes e ondulantes, e respirar aquele ar fresco e gelado da manhã.

Mas nem o campo verde nem o ar fresco mudavam o fato de estarem com frio, com fome e cansados.

Eles dependiam da bondade das pessoas que encontravam para lhes oferecer comida e abrigo.

Por fim, a sorte mudou. Eles conheceram um professor chamado sr. Marton. Era um homem simples e modesto.

— Estou indo para um povoado não muito longe daqui — explicou Marton, enquanto os três estavam nas colinas verdes na fronteira da Inglaterra com o País de Gales. — Eu serei o novo professor da escola. Por que vocês não vêm comigo? Tenho certeza de que podemos encontrar um lugar para vocês ficarem.

No início, Nell e o avô se sentiram inseguros. Mas, quando olharam um para o outro e sentiram o frio e a fome estampada em seus rostos, eles sabiam que tinham que ir.

No pequeno vilarejo do interior havia uma antiga igreja, com hera verde crescendo em suas paredes. Perto da igreja ficavam duas velhas casas de pedra.

Uma dessas casas deveria ser a do professor. A outra estava vazia. O homem de cem anos que morava lá, infelizmente, mas sem surpresa, havia morrido. O trabalho dele tinha sido cuidar das chaves da igreja, para abri-

la e fechá-la aos domingos, e mostrá-la aos visitantes.

O sr. Marton foi falar com o vigário, que era um velho amigo dele. E lhe contou tudo sobre Nell e o avô.

O bondoso vigário rapidamente concordou que Nell e o avô precisavam de um lugar para ficar. Então eles se mudaram para a casa

vazia, e Nell se tornou a nova zeladora da igreja.

— Eu sei que não é perfeito — disse o vigário à menina. — Uma velha igreja é um lugar tedioso e triste para alguém tão jovem quanto você. Tenho certeza de que preferiria sair dançando, brincando ou correndo pelos campos a ter que tomar conta de um prédio antigo e empoeirado.

— Não me importo — respondeu Nell com sinceridade.

Na verdade, ela estava feliz por ter encontrado um lugar tranquilo e seguro para ela e para o avô. E ela trabalhou duro para fazer da pequena casa de pedra um lar confortável para ambos.

Costurou as cortinas esfarrapadas e os tapetes puídos. O sr. Marton aparou a grama e as plantas.

O velho avô os ajudou como pôde. Não demorou muito para que aquela casinha se parecesse novamente com um lar.

Nell e seu avô rapidamente fizeram amigos.

Tudo estava bem novamente – ou pelo menos parecia. Mas todas aquelas semanas de viagem pela Inglaterra, muitas vezes enfrentando frio, cansaço e fome, não tinham feito bem para a saúde de Nell. Ela estava mais pálida e mais fraca a cada dia. A garotinha muitas vezes pegou o avô olhando para ela com o rosto enrugado de preocupação.

De Volta a Londres

Kit Nubbles tinha ficado muito triste desde que Nell e o avô deixaram Londres. Ele não tinha perdido só o emprego na Velha Loja de Curiosidades, perdera os amigos também. Mas depois de um longo tempo, Kit encontrou um novo emprego com uma família chamada Garland.

Havia o senhor e a senhora Garland e o filho deles, Abel Garland, que era já crescido. A família era feliz e todos viviam em uma casa simples nos arredores de Londres.

Kit ficou com o quarto que havia acima dos estábulos e tinha que cuidar do cavalo deles.

Tudo naquele lugar era perfeitamente limpo, arrumado e bonito. Até a outra criada da casa, uma jovem chamada Bárbara, era limpa, arrumada e bonita. Muito bonita, Kit notou.

Kit Nubbles podia estar feliz novamente, mas Daniel Quilp não. Ele estava com raiva porque Nell e o velho avô tinham escapado da Velha Loja de Curiosidades naquela bela manhã de junho sem que ele nem notasse.

Não ficou bravo porque foram embora sem dizer adeus. Bem, não de uma maneira amigável, pelo menos. Ele estava ansioso para pessoalmente empurrá-los para fora da porta de sua velha casa. Para zombar deles enquanto andassem pela rua, com lágrimas escorrendo dos olhos.

Quilp teria ficado na porta balançando sua cabeça grande e esfregando as mãos com alegria ao ver aquela cena. Mas eles tinham escapado. Ele havia perdido uma chance de fazer alguém infeliz e não podia suportar isso!

Foi muito azar que, justo naquele dia, quando estava no pior humor da semana, Quilp ter visto Kit.

Kit frequentemente retornava à Velha Loja de Curiosidades. Ele gostava de ver as vitrines e se lembrar das coisas incríveis que uma vez estiveram lá.

No dia em que Quilp o viu, Kit estava com Bárbara, pois queria mostrar o lugar onde ele trabalhara. Quilp observava tudo pela janela empoeirada do andar de baixo da Velha Loja de Curiosidades. Ele era tão baixo que apenas alcançava o peitoril da janela; tão baixo que Kit e Bárbara nem o viram ali.

Quilp não sabia quem Bárbara era. Aos seus olhos, ela era apenas uma garota – uma criada a julgar pelas roupas. Mas ele podia ver que cada vez que Bárbara sorria, Kit sorria também.

— Repugnante — Quilp murmurou baixinho.

Ele simplesmente *odiava* ver as pessoas sorrirem. Quilp decidiu ali mesmo tirar o sorriso do rosto de Kit.

Rapidamente descobriu que Kit estava vivendo e trabalhando com a família Garland. Então, foi conversar com Sampson Brass, seu advogado. Curiosamente, Sampson também era advogado do sr. Garland. Isso significava que Sampson e o sr. Garland frequentemente mandavam cartas um para o outro. Quilp de repente teve uma ideia muito inteligente e muito má.

— Certifique-se — ele disse a Sampson —, de que quaisquer cartas do sr. Garland para você sejam entregues em mãos. Diga a ele que você só receberá cartas se ele conseguir que Kit as entregue pessoalmente.

Sampson concordou e um sorriso largo e cruel tomou conta do rosto de Quilp.

— E, quando Kit trouxer uma carta até seu escritório — ele suspirou —, aqui está o que você tem que fazer...

O Plano contra Kit

Você, leitor, provavelmente se lembra de que Richard Swiveller trabalhava no escritório de Sampson Brass. Um dia, enquanto conversavam, o advogado disse que tinha perdido várias pequenas somas de dinheiro recentemente – ou melhor, que esse dinheiro podia ter sido roubado.

Enquanto conversavam, Sampson pegou uma nota de cinco libras e a examinou contra a luz. Então

ele deslizou a nota por sua mesa, escondendo-a entre alguns papéis.

Richard Swiveller ficou confuso.

— Hum, senhor — disse ele. — Parece que o senhor guardou o dinheiro em sua escrivaninha. O senhor deveria colocá-lo de volta em seu bolso ou poderá perdê-lo.

— Oh, não. Não agora. Vou deixá-lo aqui mesmo — Sampson disse rindo. — Afinal, eu sei que *você* não é um ladrão. Tenho total confiança em *você*.

Então, ele mandou Richard entregar alguns papéis para outro advogado ali das redondezas.

Em seguida, Kit Nubbles chegou com uma carta do sr. Garland. Sampson lhe deu as boas-vindas.

— Tire o chapéu, Kit — disse ele. — Fique à vontade.

Sampson pegou o chapéu de Kit e colocou-o sobre a mesa. Era um chapéu

surrado e grande. Sampson moveu o chapéu mais duas ou três vezes.

Então, espalhou papéis em sua mesa, como se estivesse procurando alguma coisa. E estranhamente, Sampson disse a Kit que ele precisava sair da sala por alguns minutos.

Sampson retornou exatamente no mesmo momento em que Richard Swiveller voltava de sua missão, e pediu a Kit para ir embora. Assim que a porta se fechou atrás de Kit, Sampson correu até sua mesa e vasculhou seus papéis.

— Sumiu! — gritou. — Sumiu!

Sampson olhou em sua mesa, embaixo e sobre ela. Então, apalpou todos os seus bolsos, um após o outro.

— Aquele malandro do Kit levou meu dinheiro — disse ele a Richard. — Corra atrás dele!

Os dois homens saíram correndo do escritório. Kit não tinha ido longe. E logo o alcançaram.

— Pare! — gritou Sampson, colocando a mão em um dos ombros de Kit.

Richard Swiveller agarrou o outro ombro.

— Não tão rápido, senhor. Nós precisamos conversar com você.

Eles o levaram de volta para o escritório Sampson Brass. Kit estava confuso e assustado. Seu rosto perdeu a cor e ficou acinzentado. Mas Kit sabia de sua inocência.

— Revistem-me — disse ele, apontando para suas roupas.

Sampson pegou o chapéu de Kit e o entregou a Richard. Ele mesmo vasculhou os bolsos do casaco de Kit. Encontrou alguns pequenos itens, mas não havia dinheiro algum.

— Olhe no chapéu dele — falou rispidamente para Richard.

Richard tirou um lenço que estava escondido dentro do forro do chapéu. Então ele suspirou. Lá, enrolada dentro do lenço, estava a nota perdida de cinco libras.

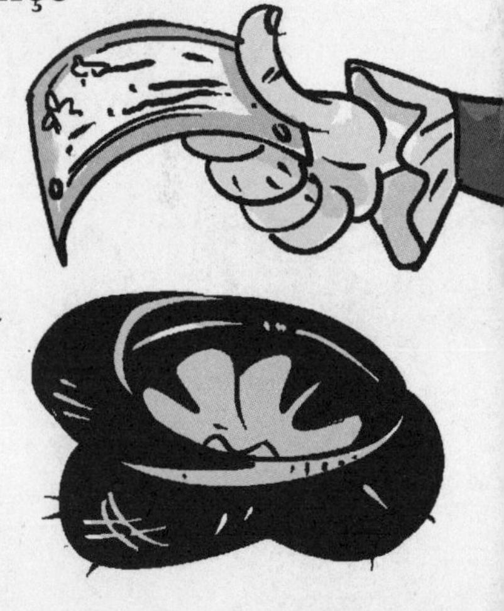

Kit ficou chocado. Richard Swiveller ficou surpreso também. Ele nunca imaginou que Kit pudesse ser um ladrão.

Sampson Brass fingiu estar surpreso. Mas é claro que ele, na verdade, não estava. Foi ele quem colocou a nota de cinco libras dentro do chapéu de Kit. E foi ele quem armou para que Richard descobrisse o dinheiro "roubado".

Um policial foi chamado e o pobre Kit foi levado.

As coisas caminhavam de mal a pior para Kit. Ele passou longos dias e noites na prisão antes de ser levado a julgamento por roubo. Seu caso foi ouvido na corte mais famosa de Londres, o Tribunal Criminal Central, que era conhecido como *Old Bailey*.

— Como você se declara? Culpado ou inocente? — O juiz perguntou.

— Inocente — Kit respondeu com uma voz trêmula.

Sampson Brass serviu de testemunha contra Kit. Richard Swiveller também, embora não quisesse fazer isso.

Parecia não haver explicação sobre como a nota de cinco libras tinha ido parar no chapéu de Kit. Sem explicação, exceto por ele tê-la colocado lá – ou seja, ele tinha roubado aquele dinheiro.

O júri sussurrou, riu e zombou, e finalmente declarou que Kit Nubbles era culpado. Ele deveria ser banido de Londres e enviado para a Austrália como punição por seu crime.

A notícia sobre a sentença de Kit atingiu o sr. e a sra. Garland e Bárbara como um raio. Eles não estavam preparados para perder seu funcionário e amigo. Richard Swiveller ficou muito chateado também. De tão aborrecido, acabou ficando doente.

O Fim de Daniel Quilp

Soube-se que a empregada de Sampson Brass tinha ouvido o advogado tramando com Daniel Quilp. Ela ouviu Quilp dizer a Sampson para colocar a nota de cinco libras no chapéu de Kit e depois fingir que o dinheiro tinha sido roubado.

Ela guardou aquele segredo consigo mesma, porque tinha medo de Sampson Brass. E tinha mais medo ainda de Daniel Quilp.

Mas ela não podia ficar quieta por muito mais tempo. Agora que Kit estava prestes a ser enviado para a Austrália, a mulher sabia o que tinha que fazer. Ela contou tudo o que sabia para Richard Swiveller.

Richard ficou muito feliz. Kit poderia ser salvo! A doença de Richard de repente desapareceu. Ele pulou da cama e correu para contar a novidade aos Garlands. Os dois então foram ver Sampson Brass.

O velho sr. Garland estava muito zangado. Seu rosto estava vermelho como cereja e ele apertava os punhos cerrados.

— Mas... mas, não foi culpa *minha*. Foi tudo ideia do sr. Quilp. —Sampson balançou a cabeça e gaguejou.

Então o advogado covarde escreveu de próprio punho uma confissão e a assinou.

Quando a noite chegou, Daniel Quilp estava sentado em seu escritório perto do rio. E estava furioso. Seu plano para colocar Kit Nubbles em apuros tinha ido por água abaixo. Agora era ele quem estava com problemas. Problemas muito sérios.

De repente, ouviu uma batida forte na porta da frente.

— Abra! *TUM. TUM. TUM.* — Punhos firmes batiam com força contra a porta. — Abra! É a polícia!

Mas se Daniel Quilp era muito cruel, também era muito esperto. Ele saiu pela porta dos fundos e deslizou por um beco escuro.

A noite se instalou e uma névoa se formou sobre o rio, tornando impossível enxergar qualquer coisa. Quilp cambaleou, com as mãos estendidas para sentir o caminho.

Logo atrás dele, mais gritos.

Ele tropeçou, perdeu o equilíbrio... e caiu para frente.

De repente, Quilp estava submerso. A água fria e escura encheu a boca e o nariz dele.

Quilp batia na água desesperadamente, mas a corrente era muito forte. Ele respirou fundo e tentou nadar, mas uma sombra escura pairava sobre ele.

Ele estendeu a mão e sentiu algo liso e lodoso. Era o casco de um enorme navio; um navio que o empurrou mais e mais para baixo

d’água, até que desapareceu nas profundezas escuras.

Daniel Quilp nunca mais foi visto.

O Fim de Nell

Infelizmente, nem todos os finais são felizes, e este não é nem um pouco feliz.

Claro, Kit Nubbles estava feliz por ter se livrado da prisão. E os Garlands, Bárbara e Richard Swiveller estavam muito felizes e satisfeitos por terem seu amigo de volta. Mas a felicidade de Kit não durou muito.

Em uma certa manhã, quando o sol espreitava pela janela do seu quarto, ele recebeu uma carta do sr. Marton, o professor que vivia ao lado da casa de Nell e do avô. A carta dizia que Nell estava muito doente e que Kit deveria se apressar para vê-la.

Kit contou sobre a carta para o sr. e a sra. Garland, e para Bárbara e Richard. Juntos, eles viajaram para o vilarejo onde Nell e seu avô viviam.

Quando alcançaram o lugar das pequenas casas de pedra, o inverno havia chegado. Pequenos flocos de neve semelhantes a cristais começaram a cair. E cobriram a grama formando um tapete branco e brilhante.

Kit irrompeu pela porta da casinha de Nell e correu até a cama dela.

— Nell! — gritou ele. — Nell, estou aqui. Eu estou aqui!

Mas era tarde demais. Nell tinha dado seu último suspiro.

O pobre avô chorou por dias. Poucas semanas depois, ele também faleceu.

Mas Nell deixou memórias felizes em todos aqueles que a conheceram, especialmente o sr. Marton e as crianças do vilarejo. E para Kit Nubbles também, é claro. Kit nunca parou de pensar em sua velha amiga e nos momentos que eles tinham compartilhado nos tempos da Velha Loja de Curiosidades.

Não muito tempo depois da morte de Nell, Kit casou-se com Bárbara. Então ele sempre contava sobre suas aventuras para a esposa e seus filhos. Kit às vezes os levava até a rua onde Nell tinha vivido. Mas a rua não era mais a mesma.

A Velha Loja de Curiosidades havia sido demolida há muito tempo e substituída por uma larga estrada.

A princípio, Kit desenhava um quadrado no chão com um bastão, para mostrar onde a loja ficava. Mas logo o local se tornou incerto. Era aqui ou ali?

O tempo varreu os tijolos e as pedras para longe. Mas não podia apagar as memórias. Nas mentes de Kit e sua família, Nell e seu avô continuavam vivos.

Charles Dickens

Charles Dickens nasceu na cidade de Portsmouth (Inglaterra), em 1812. Como muitos de seus personagens, sua família era pobre e ele teve uma infância difícil. Já adulto, tornou-se conhecido em todo o mundo por seus livros. Ele é lembrado como um dos escritores mais importantes de sua época.

Para conhecer outros livros do autor e da coleção *Grandes Clássicos*, acesse: www.girassolbrasil.com.br.